穿山甲，共和國

李浩◆著

推薦語

李浩的詩從至為日常與世俗的場景中抵達了超拔的（精）神性，為當代詩提供了一個本雅明式救贖寓言的傑出範本。

——楊小濱（詩人，學者）

李浩的詩，很接近一種內在的修行。我猜想，它包含的嚴肅性幾乎令語言本身也會感到吃驚的。深透的感受力，對詩歌的觀察所做的道德反思，綜合的修辭能力，對強烈的現實感的精心的打磨……所有這些，都讓他的詩看起來既新鮮，又不乏深刻的表達。

——臧棣（詩人，北京大學教授）

李浩的感受有個宗教背景，加上他處處追求語不驚人死不休，造成尖銳盤纏，我感到十分的晦澀難懂。

——蕭開愚（詩人）

李浩是一位非常有才華的詩人。從他的詩歌中可以看到中國當代社會的方方面面，包括農村和城市、宗教與政治，以及信仰和現實生活等，就像吉羅德·曼利·霍普金斯一樣，對他來說詩歌就是教堂，寫詩就是祈禱。

——Eleanor Goodman（美國詩人，翻譯家）

李浩的詩，再現了一幅猶如深淵而且是標注了地理位置的詩歌景觀。包括詩人在內的所有生命任何「逃生似的」掙扎，如希尼的詩句：「我高升即是我淪亡」。而為故鄉所寫的編年史更似一曲「看不見流血」的時代輓歌。好在那「晾衣繩上的／朝露，如同瑪利亞的念珠」，是這幅悲傷景觀中「捧著如鼠的靈魂」的無數眾生的救贖。當我讀完他的那首《還鄉》時，來自真正詩歌的觸動使得文字本身具有了不朽的意義。

——茨仁唯色（詩人）

密不透風的意象，卻呈現出疏狂的肆意，這般傲骨並非出自知識資源的佔有，而是來自對美與信的自矜。李浩的詩，奧義與頓悟並存。

——廖偉棠（詩人，翻譯家）

李浩詩歌中的那種強悍的信仰力量，超越的天賦，對靈魂和真理的崇高激情，以及他柔弱、充盈、精密的內心，我認為這是我們走進文明的入口，非受難，或蒙恩的人，不能享有。

——保祿（神父）

寫作需要靈感，但這種靈感也與個人的知識儲備、文化修養、在閱讀上的廣度深度相關。李浩是一個瘋狂讀書的人，他有一個現代詩人的漫長名單，他在這種閱讀和學習中不斷矯正自己。正是這樣廣闊的閱讀視野和深切的生命思忖，以及對大師們的廣泛學習，使李浩的詩不斷長進。

但我知道，李浩還有一個更深的思想背景，這關乎真理的追尋與信仰的經驗，在這個維度上，我看到了一個在謙卑、克制的技藝中風格越來越明朗、透露出的靈魂力量也越來越強大的詩人李浩。

——榮光啟（批評家，武漢大學教授）

6
穿山甲，共和國

〔目錄〕

奇幻廣場

我從地下上來。地下的人，地上的人，
我們頭上縱橫飛行的人，好像白晝，
好像黑夜，在一個長有三頭的怪物的

胸腔裡，因為太陽和月亮的光輝無法
直接照射進來，人們終日忙於奔走，
男女、猴馬不分。我走出地下，

向左拐，彷彿闖入了，大片方磚
鋪就的異域。我身後，來自地下的
盲人音樂，好像纓帶，又像黃蛇，

細嗅著空氣中的建木。我向前走，
端坐在地上的石球手挽手，向外吐納
身上的精氣，晝夜的光澤，和砂石的囈語。

我聆聽，我走動，我張望。突然，
從綠林邊上的黑屋裡，躍出一隻黑貓。
肥，而碩大。它的叫聲，穿越狂風，

咬破我的鞋跟，從我的耳中蔓延
我的全身。它用它那富有閃電的眼力，
輕蔑我，辱罵我，摸我的褲襠，

似乎要吃掉我的小雞雞。他掃描我的身分，
這張大網，似乎要以暴力的電棍，
控制我翩翩遨遊的，漫天神兵。

我像屋脊一樣低伏著，惶恐著，
從我身邊經過的一個人，在他的眼中，
好像風中的雪片。他保持著天空的亮光，

同時在他的脊背上留著精緻的利爪。
周圍的一切都在看著我，我覺得，
他們在借助我，將這些事物看清楚。

我站在淡黃色的燈光中，看著那張不耐煩的，
長得如同荊棘一般的粉刺臉，朝我
喊叫，「你——可以走了」。我拿回，

我被檢查過的身分，穿越樹林向那長著
三個頭的怪物走去。針葉松和銀杏樹
伸出手掌，托住金石和星辰。遼闊的世界，

因為我們，變得如此狹窄。「世界越變越窄。」
這世界的大安靜裡，蘇醒的，想飛的樹枝，
從地下連接黑屋，將眼珠困在怪物的肛門內。

二〇一三年一月四日，西直門

主人的塞壬

1

她和修女，在孤兒院的生活
非常美好。姓王的養她，
她姓王，也跟著信主。她天性
好動，在你畫的方框中，
竊取你花不盡的白晝，月光，
和婚葬。她來井口喝水，
看見泉水中有人從她身邊走過，
她就跟上去，面對榆樹，

畫十字聖號。然後合攏雙手，
朝地上的豬毛和羊骨，

敬禮　鞠躬。她提著褲子，
腳上的鞋，正一隻，反一隻。

她繞著我們，手指著雨中的
梧桐樹，捶胸　頓足，

晚成鳥應和著，「阿門，阿門」。
裂開的嘴唇，從白雲的

袖口，漸漸流走，她心裡的，
那些微風陣陣的　機密，

好像誇父的耳朵上，懸掛的黃蛇，
寂靜沉入黑乎乎的禺穀。

2

天剛放晴，蝴蝶就來收回了
雨氣。晾衣繩上的
朝露，如同瑪利亞的念珠。
輕風拂動，雞冠花，
從月季叢裡浮出。它搖晃搖晃
前胸，好像一群紫色的
祥雲，在花椒樹的上空巡遊。
神父面對窗口說，「走，

我們去將今天早晨從菜市場買回來的乳鴿，
放養在孤兒院的房頂」。

我跟在後面，乳鴿在手裡，
打戰。她越過花池的

爛磚，將樹根上的鵝卵石
撿起來　裝進　她手中的

水壺。她上來戳戳鴿子的屁股，
敲打水壺，讓鴿子聽。

3

她在月光裡，找到了修女的
洗衣粉。她混入黑影，

好像一片低頭開花的黃灌林。
她站起身，拉開電鋸，
盆裡的梨花上下翻滾。她轉身，
走走停停，時而蹲起，
時而摳摳鼻孔。她用手攪動井底，
好像東風過後的池塘裡，
正在尋歡的鯽魚。天主堂的地形，
在飛舞的梨花下，緩緩湧出，如同那石林中，
仰望精衛的　山犀。
神父換上布鞋，吻吻聖體，

穿過積雪，將小羊抱回羊圈。
然後，關上門。

她跪在祭壇前，鏡中
召集的顳鳥，緩緩上升。

4

她坐在教堂裡，一雙大眼睛，
在幽暗中，好像魚鷹子，
盯著任何一個，進來的我們。
她穿過　我們的前生，
總是，出現在我們的五針松裡。
她拉開電燈，熱忱地

教我們下跪，教我們給天主磕頭。
她唱著歌，搖頭晃腦地

用手點一下額頭，點一下心口，
點一下左胸，再點一下

右胸，然後恭敬地面朝天主的聖像下跪，磕頭。
她這樣反復地，教導我們。

梨樹上的枝幹，和綠蘿在風中，
交換月宮。一隻母狗，

從門縫裡鑽進來，給幼崽
餵奶。它渾身是刺。

她看看母狗，和它的孩子們，
看看我們，從地上

站起來，揪住我們的衣袖，
攆我們滾開。她上來，

在我們眼前，升起的霧霾中，
關掉燈，嘴裡振振有詞。

我們疑惑地，站在黑暗中
看著她。她緊握拳頭，

好像岳雲揮向金人的鐵錘，
砸向，聽道的長椅。

一陣「砰隆」！緊接著
又一陣「砰隆」！教堂裡的

長椅，祭台，蒲團，韓鼎祥主教的遺照，
個個掀得　底朝天。

我們拉住她　如同黑水
一般，遊動的胳膊。

她甩開我們，用握緊的拳頭
使勁地，在地上錘擊。

我們如同驚飛的母雞，「咯嗒」地
回眸，「咯嗒，咯嗒」地

抖動羽毛。她伸出手，
抓住月光，好像

月光上，酣睡的麵包蟹。
她握住月亮，好像

海豚，用腦門，拼命地撞牆，
雷和火星，在牆角裡

滾動，如同我們滾動的心臟。
我們豎著喊叫。

5

太陽射進窗口，晨光中的
花粉，在聖像前，

親吻聖子。修女們站成兩排，
在聖殿裡，唱讚美詩。

輔祭舉起香爐，神父
和身後的天使，

走向祭台。百合盛開，
紫煙迴旋如舞，唱詩班的

管風琴，奏起了彌撒中的聖婚曲。
她傻傻地看著十字架上頭戴刺冠的耶穌，

在沉寂的身體裡
和天地間，敲打著

新郎的水壺，對鴿子說，
天空在給大地寫信。
她穿上空裙子，樹上的貓，
跟著風，追隨田野，
搖晃柿子。「噢，空椅子，
戴上空頭飾。」

二〇一三年一月，北京

邯北新城

風中飄蕩的鋼灰、塑膠袋、煤屑，和空中的雪片，同時侵入那路邊攤上，
來往的行人，和冒著熱氣的羊湯裡。

公車駛過霧霾中的核電廠和新工地。城鄉接合部廢棄的農田上：盛行
經濟開發區。大街小巷，馬路和商場，

瘋狂地向男男女女，施展著夢幻中的性具。天空下，匆忙奔走的奇異鳥，
他的後腦勺，以及禿頂，

正在上升著紫火，和鋼構魅影。街角的少女，如同子宮裡，瀕死的光明。
斯坦納博士，將車停在杜劉固時，化工廠裡的

煙囪和陰溝，彙集的黑蛇、枯草、毒氣、幽靈，在天地之間，首尾相繼。公交車、金蟲病、缺水，不絕於耳。

二〇一三年一月三日，邯鄲，屯莊

沙雨瀉入天幕

1

沙雨瀉入天幕，天門冬的
上空，垃圾袋氣勢如虹。

挺立在馬路邊的兩棵楊樹，
被暴風拔起。那滲出
新鮮樹液的枝幹，斜倚在路邊
飯館的斷壁上。第二天，

像一縷幽光，神祕又淒切。
來來往往的人群，從樹下

穿過，坐在飯館裡，捧著他們
如鼠的靈魂。他們在理想
與蔓延著瘟疫的軀殼內，
吹噓明天。他們炫耀

中獎的彩票，卻將今天葬送
在牆壁裡。你看，牆上
握拳揮舞的手臂。現在只剩桌椅，
飯菜，腳趾，會聚家蠅。

2

垃圾在飯館門口越堆越高，
沙雨過後，大地就開始

炎熱。空氣中飄蕩的陣陣熱氣，
迎面撲來，吸收著

心室內沁涼的，晦暗黴菌。
大樹下，竄來竄去的流浪狗，

瘸著腿，夾著尾巴，耷拉著
兩隻長耳，連滾帶爬地，

紮進垃圾堆，扒開聚積的糞便與腐食。
舔舔身上的傷疤和貓爪，

舔舔沾滿污泥的性器，
綠蠅亂飛，它們吃得津津有味，

它們非常驕傲，也非常陶醉。
從它們對面的坑窪裡，

走來一個發如虺尾的男人
嘴裡念念有詞。

他吃著玉米，面對蒼天念念有詞。
那些貓與狗，見他就跑。

3

這間小屋裡，沒有早晨。
或許早晨，在幻影中，

就是方格裡的門、窗。兩棵古樹，
在幻影中，拍打著手掌，

切割光明和宓妃的洛水。
樹杈上，掛起的醒霧，

將午後的四極，匯於鱬口。
一排排背影，從垃圾場，

從刺眼的玻璃牆上，
從地下的污水管道，

聚集在這裡。他們撬開酒瓶蓋，
和老闆娘調情。

他們談論民風如拜山神。
談到時政之時，他們伸出脖子，

好像在水底下摸螺螄。
他們各執一詞，都說自己的對。

半空中，有人吼道「如果你對，
明天我把這兩個眼珠子，挖出來丟進
桌子上的麵湯裡喂狗」。
他們知道他們爭論的結果。

兩棵古樹，一棵在飛，
好像夜晚，從今天消逝。

二〇一三年一月十日，北京

夢與死

牆上的白色暖氣片，安裝在兩位
佛教徒之間。枇杷草

和洩露的寒風，向晴空下的
胡同，遞交窗臺、梯子，

和菱形屋頂。玻璃缸外的睡蓮，
身處下班汽車的鳴笛中，輕輕晃動著

癌症患者的嘴唇。如秋雨，
斜立在傍晚的天使，俯下身，

戴上尿管，在畫框中，被邀請來的客人，
分割成，兒媳和妻子。

樓上　切斫的腦袋，堅硬的石塊，
正在向椅子前的山蟹飛來。

二〇一三年三月，北京

白日

他在街上行走，剩餘的黃昏，如同漂在河上的一塊腐肉。
他看看他那，僅有的世界，這人世上，唯獨沒有憐憫。
他張開手掌，許多惡變的石塊，都在往他的生命裡擴散，
如同那些繁殖的蝦蟹。他描繪著，樹上光芒輕盈的九月。
高高的天空啊，命運啃著，他的內心。金皮蛇和螃蟹，
站在人頭上，築起的、高高的圍牆，將他與他的世界，

悄然隔開。高高的稗草啊你俯下身，串起河流中的魚群。

二〇一三年三月三十日，北京，河南

白色峽谷

1

我要把身上的泥巴和羞恥的釘孔洗盡，
具體用什麼方式，需要你的啟示。
聽啊，天空在我的腦子裡叫嚷，
我的世界，藍裡面透露藍。
啊，那不是希望，無非是微風
吹動，山谷下麵百草生出百草。
此刻，我手握鐘錶，坐在清晨
深處，探索聲音的源頭，張望
一片蒼茫：不要把她拉近你身邊，
她隨時都會在某個眨眼間悄然消失。

那顆智齒，它那可怕的根莖提醒過你。
啊，把心打開：進駐耳中的鳥鳴。

2

天使在我頭頂飛行，大地翻動著
肥胖的身軀。那些尚未認識美的
人呀，偶爾流露「美的恐懼」。
那花蕊的馨香，那絢爛而溫柔的
笑容，難以拒斥心中面臨的巨大
悲傷。「我的同類所擔憂的，
也是我冥思的。」我內心世界裡的
人民，慢慢地形成龐大的群體，
為我們信仰的天國，為飛翔的天使，
產生激烈的爭執。啊，不要抑制
那個調皮、淘氣的自我，

大口大口地吃掉虛榮、華美和欲望。
在慌亂中，你會將自己、將鯤鵬、
將河流中的魚，交還給大地的神經嗎？

3

你躲在小小的肉身裡面，營造自己的
空間。你面對天花板。你癡癡地發呆。
你對岩石缺乏信賴。你喪失了
自己唯一的家園：那唯一的。
你看地面上的蚯蚓，在一個時間
和一個意念間，戛然中斷。寒冷來臨，
虛無的火焰，靜寂的呼吸遷入鼻孔。
啊，白鴿的翅膀張開，停在神祕
拉開的刻度。葡萄樹上滴落的露水，
使得山野驚慌，人馬翻騰。

相信季節吧，每個季節都站著一頭
咩咩的羊。你再次相信，再次拉開
尺度，就連釘在蒼穹中的釘子，都不敢
怠慢你凝視它們每個釘子時的眼神。

4

我在旅途中遇到一粒種子。
我彎腰拾起它，裝進胸前的口袋。
我深信，我拾起的是一棵大樹。
因為一陣風，我深信在這棵大樹下，
一定能看見：你回家。
風剝開我手中的洋蔥，迎面
湧來的威脅，使我加倍傷心。
風，使我成為歲月的象徵。
因為風，窗口一直都是敞開的：

樸素的生活，如同流水，清澈
而安謐地流淌；如同闔上大鋼琴的
蓋子。因為風，我絕對相信，
那棵大樹會結出，箴言的果子。

5

紅色：「啊，火。是的，烈火。」
黑色：「器皿的粗糙的言說。」
白色：「我雙眼中的偏執長出一段誡命。」
這些來自一朵玫瑰，來自大地肩上的披風。
夜挺起身子，像一種營養，充盈著世界的空間。
一種母性的臉，在你們面前像燭光搖曳。
那繼續深思的火焰，溫柔地接近幻滅。
美，使一顆孤獨的心腸加劇了疼痛。

我要追尋襲擊我的瞬間，當我握住閃電，
地面的流水，在奔騰、潰散。

6

我的眾多尚未安寧的命運　宛如
北風卷起的鋒刃　掛在牆上
我的隱秘就是「黑暗」對我的掩護
而生命腐朽的外殼下長出一棵野草
大麗花惹人喜歡　她的淫蕩
使我不能放聲歌唱　可我渴慕
你的心　我也不為你
唱出的悲苦　流淚　我的生命
在期待中淤積朽木　但是我仍然期待
我虔誠的呼吸　能夠說話

因此　我說：向牧童學習吧
牧童口中響徹一串串造夢的短笛

7

園子裡　樹上的果實喜悅
其實　我就在那眾多果子
中間　不要漏掉我的身體
我的身體　像夜
頑皮地向上張開姿勢
夜　不再是我的證詞
我、不再、活在視線的牢籠中
我能夠保持充沛的生機
在工作中　請精確地測度我的身體

8

山石高昂，拍擊著胸膛
他們在迎接鮮花綻放
和喜悅的成長。聖徒們的
思想、光芒在此刻聚集，
而且緊促地立在王的
弓弦上。那飛矢不動，
將令仰望者在毫無察覺中
跨越自身。我們的生命，
那個使我們停留的豁口，
已經消逝。聽，誰在喊叫；
誰的手舉起最後的漿果；
紫薔薇開在眼前。我

身如柳絮在微風裡感恩
這已經說到了話的盡頭。

二〇〇八年十二月，風光村，曇華林

羌里歌

撬開盆地，人群向我上升，
豁鼻子的，掉耳朵的，
如同大火，在蓍草上，

逆向　施虐的　沙塵暴，
拖住雙腿，揣入玉帝的牌位，
在血肉橫飛的　旋風裡，

穿過窯洞，剝開　胸膛，
交接　輕軌。遼闊的平原上，
雨拉長身子，在黃河裡，

倒運金石，和劫匪。風沙呵吞吐
群峰，卡車隊　挖掘機，
在我們的肉裡，捐獻黎明。

二〇一三年四月二十七日，河南

哀歌

——悼工友

工地裡的亂石鐵絲網密集，星夜與雜草叢生，直通縣委的馬路。
螺絲扣和接頭扣，還有野狗啃不動的牛崽骨、豬手，
以及綠蠅叮咬的雞腸與魚的臟腑，在太陽中，生銹，長黴，

互相腐臭。藏匿在陰濕，朽氣中的水蛇，從地基外的稻田裡
爬進來的，蜷縮成一團。它喉中的蛤蟆，細細地屏住呼吸，
對峙著那生吞自己的，狹長岑寂。在虛空中，在蛇之體內，

生起的簷柱，如同遠山在遠處挪移，如同四野中的鬼怪禦風，
將未知的驚恐與疑神，湧於起伏的稻浪裡。我匡正內心，
控住柔弱的意志，穿出腳手之林，站在樓板上，浸於一縷幽光裡，

以扳手，以鋼管，找尋失散的腦筋。在我們搭起來的腳手架上，
燕子在自己的歌中，連夜貼牆趕工，連夜以瓦刀劈砍紅磚與時空，
以水泥澆灌生存與磚塊之間的裂縫——血汗、磚渣、水泥漿，
砥礪著自己褲襠裡的陰莖。

突然：呼　嚓！歌唱：終止。一陣眩暈，如同翻飛的，悖逆自身向低地垂
直飛行的鹽老鼠。然後他猛地撞擊在磚牆，那整齊如矢的鋼筋頭中。
我，目睹高歌與空腹的你。我目睹你如同一片碎紙在空中飛。

我目睹你的腦子你的脖子你的前心後背你的水泥褲襠你的大腿被整齊
的箭頭刺穿並高高懸起如同魚叉飛入水中之後從水中彎曲著竹竿舉出水面
仍然搖頭擺尾的大鯉魚

在黃昏中我目睹你的四肢如同目睹麻葉上的黑寡婦抓住的活螞蚱在網與天空下抽筋我目睹你的頭髮你的臉你的鼻孔嘴巴耳朵你的眼睛你的胸脯肚子褲襠你的大腿小腿向外爆炸式地噴射著：我們一起唱過的所有的新歌

從刺穿你的鋼筋到你的身體到我們一起壘起來的磚頭牆到攤開的洋灰到每一層高樓的樓頂到石棉瓦到沙坑到紮根在紅鏽中的牛毛氈到地面到深深的地層裡到與地下的歌聲匯合到紫黑色的血到地下暗湧的哀告！

你不再是找不到家鄉的親人。然後，接電話封堵門縫裡的電閃雷鳴，然後，從那無人之境，止住悲泣中的警鈴，從荒野的另一端豎起來的稻茬和菜園，棲居在我們的生魂中。你躺在薄薄的鐵皮上，剝開太陽與光圈，如同你的生父。

二〇一三年五月，河南

城市生活

旺盛的梧桐樹，在路燈禁錮的夏夜，緊緊地
抓住這條馬路和它們的根下無限的
寂滅的水土。天空已被物質佔領，它們：

向上的肢體，以刀禁止。人們沿著正在拆遷的居民樓外牆邊
預約前行，我順手扶上眼鏡，
跳過路上的排水管子　挖開的路基和水坑，

突然轟隆一聲悶雷，從牆內，向我躲閃的身體，
向我緊縮的生殖器，暴力襲來。我定神望去，
坐在推土機　吊車和挖掘機裡的司機，一個　又一個

從他們推倒的居民樓的廢墟中，從一片隆起的洋灰中，
緩緩地走出來。落在我們臉上的細小顆粒，
如同從切割機的齒縫中飛出來的兩道鐵屑，

寄生在我們的肺裡。我一邊遠離危險之物，一邊大步向前，
猛一轉身，便跨進了俗世天堂的大門。
我站在燒烤攤前，在嘈雜的人群中，尋找著陌生的朋友。

浩蕩的濃煙在我面前，堵住了商城遺址的入口。大街小巷裡的
釘錘　變性男　鱷魚在匍匐昂首，我看著人們在炭火上扇風加鹽抹油
喝白酒　上下翻弄乞丐　讀書人　王八　哲學家的光頭

睪丸　大公雞，和帶血的眼珠。而那從夏夜的彼岸
運送來的鳴笛　食既，如同閻王的兩座後宮。
盲人便道上，陰風與飛摩陣陣，我睜大雙眼，

睡在兩把椅子架起來的木板上，於儲藏量已經超過萬噸的炸彈之夜內。
在四壁之中的人群裡，在繁華灰燼的群星上，
我又看見了，蟒蛇在行人體內，
彷彿撬開了鄭州的所有井蓋，在樹上，蠢蠢欲動。
我向上走，性工作者與藥鋪，
張開大口，正在吞咽高樓上的硫礦之地。

二〇一三年五月，河南

深山何處鐘

高山上幽冥的黃鐘大呂撥開我與蒼天之間的食甚和界石：

空中的聖曲，處於雄鹿之心。
山谷裡隨墳塚與清風而來的浩大地氣，息於泰山之體。

掛在內室牆上的梅花鹿首，睜大一群眼珠，在紅色的燈光中，
　嫺熟地退去底褲，辨識獵手。

　我穿過炮火上的紅海，在昭明中，等候聖洗的河南遊魂，
好像廣闊的平原上祭天的器皿，
盛放著新人的夕陽、祝禱、繁星，與砌墓的身影。

遠行的旅人，吞隱遠程和岩石的黑暗，但喉嚨中的燕子、河流、星空，
磨坊和閃電，
以及暴風雪中的山巒，從河道的斷橋上躍入洛水。

二〇一三年五月十八日，河南

望氣

我在高空望氣，來者在夕天裡，滾動著　浩瀚之夜的球體。
我屏住呼吸，山坳正掛起帳幕；西方朝陽，雲柱與你俯視：
群峰和廟宇。一線山溪歌舞雲天，大地蒼茫　消隱靈魂間。
遊蕩在苦路前　受難的鬼魂之希冀，如同落日一般　殷紅，
從墓園上的山崖下升起，未來裡，也在上升　陣陣痼疾的
死期。流雲從逝者的無名之血中，閃爍那滿山的　柿子林；
神祇站在半空中，在尚未告終的世界裡，宣判你我的今生。

我在高空望氣，經緯如同羅漢的雙臂，警笛與山道　崎嶇；
紫氣行雲流水，你以鮮活的靈魂之將來，照耀礦脈和溝渠。

二〇一三年五月，河南

十年前，在回龍寺

我坐進空椅子，樓梯　在我的耳朵裡，
向上旋升。一些人，幾隻牛蹄子，
從我的耳朵裡，飛在我的腳上，他們：
耕田，磨刀，換犁，哭泣。然後，
將手插進　寧靜的井中：一個呻吟的，
口吐白沫的孩子，抽搐著四肢，從
水的內部，向外湧出。他，在亂棍的
暴打下，出賣母親通紅的私處。他，
在掙扎與逃竄中，被父親綁在樹上，
以荊刺條，抽打屁股。裂開的　嫩肉，

在他身上，阻塞。他，爬向老鼠洞口，
撿起浸有耗子藥的麥粒吃。一陣腦卒中

過後，他在地上安靜下來，整個人，
如同串上，烤熟的羊鞭。陣痛止於內心，
響聲內外，如同刀俎之林。我，
抱起鴿子懷中的嬰兒，長臂便在笸籮裡
溫暖的肌膚上消失。我，順從一縷昏光。
向上的穹頂，升入你　無限的胸內。
堅石上，歲月無阻：鑽頭，切割機，
電線，在鬆弛的皮內，折磨我光滑的

肋骨。過去：寂靜無人。鼠輩，在床下，
滾動著，圓溜溜的綠眼睛，從貓頭棉鞋
和刺上麥芒的褲筒裡：進進，出出。
面向月光，切肉的屠夫，站在窗口。
在結紮的大小路口，看不見，燈光在雪中
荒蕪；看不見：牛糞上堆積如山的
清晨與死嬰，喝一口，母親的奶。我覺得，

凡是那漆黑的，抽泣過的，都是他的
血肉。嗯：坐在死寂中，就如同死寂。
你舉出閹去的舌頭，你觸摸掉漆的方桌
和方桌上厚厚的灰塵，一股臊味，你
嘗嘗：是鹹的，還有煙絲。再往桌面
搓搓，一層層的，好像油渣子，又香又脆。

女人的皂藥，孩子的鼻涕，蜘蛛吃剩的
羽翅：都在見證我逃生的性欲。止於內心，
我將覺魂，借居在螃蟹中：屋梁上，
桌子裡，椅子裡，地板內，以及床上的
空氣，都在拼命擠壓我的內心，擠壓
狹窄的、通往太平間的旋梯，防盜門，
以及水龍頭的嘀咕聲。雷電擴充，
遠山欲言又止。嗯：舌尖上，吊扇在無人的

房間，附會天沖。草坪上，光影如灰，
在耳中上升。你合上開過二十九年的金身。

二〇一三年六月，河南，北京

時鐘內：中州輓歌

海芋緊緊抓住，她根須下的，那一捧泥土，
倚窗吞吐自身的綠意，和交易所裡
回蕩的海德格爾。細密的物質，繼續結合著，
人的身體。你將靈魂和寫詩的心，交給了父神雅威；
而將另一個葬於大地。

我一邊向偽劣的哲學家，出售哲學武器，
一邊在懊悔中，致意商人的性伴侶：各種少女，
露出的各種美，挖空了，我們的視域。
他被少女的，甜嫩的舌頭駁回，
然後被捆綁在充滿謬論的椅子上，我很悲傷，
我克服呼吸：將空氣，還給

空氣。

我看著時鐘在白領的心臟裡逆行。我，在窒息的樓道裡，轉化著地上沉澱多年的痛苦教給我的智慧。

我將那顆長有棱角的人心，消隱在眾人悖謬的神經，和剛剛從二樓掉下去的窗玻璃中。

那條，以雅音修築的金水路上，穿行的馬蹄，車輪，以及從軍區發展出競走的紫金山與鴉群，駛向我的脊背。

他們推平丘陵，擠幹水田，吞咽三川郡上的黃河灘。夜深人靜，窯洞中的岩石封閉，荊棘向四野蔓延。

我仰望天際，爛漫的星河，被掩埋在樹木起伏的靡靡愛欲裡。我將臉，貼在高窗邊，依牆仰望：

過犯，從上至下，傾瀉如山。

站在宮殿門楣上的加百利，被釘在幽暗的石柱上。他：彷彿兩扇雲峰一般地，追趕雷電穿行的尖翅，從天降下：

獵人的繩索裡，發出的陣陣轟鳴，急速地砸向地面：鮮花與草葉，以及濃煙，攤開肉體的碎片。

二〇一三年八月，河南

晨曦之前

雨禦秋風，而歌。泡桐順從樹葉，
在顫動中，敞開天空，而歌。
無數雙手，如同無數冰涼的水虺，
纏住我的大腿，吮吸膝蓋中的

刺：而歌。城市裡，十字相交的
馬路，腳手架，關節上的接頭扣
與螺絲扣，以及送人通往
即將消失的古鎮街心，而歌。

橋洞裡金黃的車燈，和一隻翠山中的鸝鳥，
在前方　斷交的京畿坦途上，

強忍著彩色的石頭，與完結的里程：
斜傾獄門　默禱　交談雲月
　　　　　　　　和PM2.5，維多利亞的，

以及星辰。薔薇上癒合的花粉，
從溟蒙的霧氣裡，返回到
太陽的掌心。我和你俯身，將手伸進刺林，
收拾裂開的山丘　暴露的武丁。

（為紀念詩人于賡虞誕辰111周年而作）

二〇一三年九月，河南

一些默示

（給朱赫）

我：無法辨明的我。上午時寬時窄。
走不完的城市，和經緯相交的路口，
從上午的盡頭，無法辨認的弟兄多明我，
從我，他以碗來裝，空氣中的松子。
落到塵世上面的一些事，在萬物靜止的靈中，
如同一陣又一陣忽高忽低的婚曲。
一些事，向我敞開，如同站在大街之外的
清潔工，在清掃我完整的過去。
一個天真的少年，一直都在困厄中，
對抗指骨上，殘忍的說謊。整條街上，
奔湧的悲傷，對抗著……上午堵在我胸前，

梧桐樹葉，在早班時間，聒噪如鳴笛。
摩托車隊與日光，在煙塵的跑道上，
向他們自己奔命嘶喊，橫穿馬路拼命攬活。
在這一天裡，掙取一家人，口含泥、沙的
大米和白饃。在那些晚鴉，馱回來的
一座空城裡，頹圮的古剎殘垣上，
在那些被一代又一代人的赤腳、軍隊
和商販，以及車轍，磨平的石基上，
在光潤的金石內，一直回蕩著永不止息的
母音。而我們的乾枯的性，凝望著
瓦礫中那棵支起黃昏的千年古木，並和它站在一起，
互相依靠遠離世界的獨立。

二〇一三年十月，河南

童年

神站在門上，雙鐧與蛇矛，刺入青陽。
杏花、虎年，在春雨中，同時上鎖。
屋宇的主人，是我父親。鑰匙彷彿鸞影，
時間沉睡的地漏，如同鎖孔。昨晚，

在犍圍孜後院的青檀上　鳴雷中，
幻化成人的白蛇，好像一匹綢緞，在暖水中，
手持雲傘，與天同行。我坐在門檻上，
溫諱良與關公，舉刀宴月，彈奏江陵。

椿樹在我的肚子裡，向上打苞。
哎：「東風，一碰就碎。」我股掌上的余溫，

漸漸滲入去年的新泥與麥殼。從雲中，
來到淮河岸，戲水的狐仙，解開胸扣。

一對白雲，從仙境，從我的青目裡，
鑽進那密閉在地球對面的童身。
翻動的雲，上下起飛的雲，啰嚓啰嚓的雲，
來回震盪的雲，酣暢淋漓的雲：

生母縫補的褲襠，呵萬象，如同無限蜻蜓。
「草籽田，比去年，更深了一層。」
一頭水牛，正拉著一車糞便，在田間
哞哞前行。我媽，突然從草垛堆中走來，
豎起洋叉。叫天子，在振翅的惶恐中，
將我從仙境驚醒。我穿上天外之天的白雲，

提起一把涼意，楊絮在天地間，連接母子。
咩咩吃奶的公羊，再次勾住我的心魂。

二〇一三年十二月，河南，北京

在辛莊

父親和堂哥，在起伏的暖冬裡：一邊打草，
一邊搓繩。塘埂，門樓前，排水溝中，
尚未收割的艾蒿，如同稀星，握住自己，
和根荄的濕潤。掛在樹枝上的絨衣噙住落日，

緩緩飲入一場大夢。我蹲在牆角裡，風
翻過牆，吹向鍘刀口，於內外吞吐，
剁碎的桔梗和鵲影。我父親，躬下腰，
將麻包、蛇皮袋，剪成方形布塊，

然後，綁住它們的四個角。

他們：一人手拿扁擔，一人提麻布兜，
到過年抽幹的水塘裡挖塘泥，挑泥漿，
與粉碎的麥秸稈，以及麻絲，摻在一起。
他們：揮舞鐵鍬，和新泥。在牆角睡倦了的黃狗，

爬起來抖抖身體，伸出長舌，搖頭擺尾，
依偎在赤腳點煙的主人膝前，如同父子。
宅基地上，他們在放好的線內，光著膀子，
撅起屁股，以刨鋤與鐵鍬：

挖槽、刨土、燒水、放樹。

我向喜鵲飛來的方向望去：村莊、樹木、溪流，
正在靜靜收攏田野裡閃爍的麋鹿。
他們將寒風與大地的苦寂，還有和好的新泥，倒入槽內。
一隻又一隻，地鶇棲在泡桐樹上，

共同期待它們的鄰居，
從人民公社的牆腳，

刨出來的、肥胖的地老虎。人群外，
母雞追隨公雞，圍繞在即將消融的雪裡，
拱樹根的家豬身邊覓食。少女們，
從濕地冒出的嵐氣中，走出光滑的石頭。

二〇一三年十二月，河南

原野

白雲中的豹子，鑽進了黑山的內衣，採購上主呼出的清氣。

從山峰到丘陵，它一直都踏在麥浪上，懷抱修橋的石墩：與哥白尼對弈。

它切換著它靈敏的四肢，淩風收割：受孕之人。魚鰭上，滔滔不絕的河詠，向東預表：晴空盛開腦花。

西方太過神聖，蟲雕沿河而上，除了在王屋移山的愚公，就是躺在洪水中夢遊的共工。

蟲雕站在息侯馬援的秦樓上，驚恐的鳥影，從晃動的泉眼湧出。深淵：從西向東飛濺火星。

通往南山的馬車，伸出長臂，召叫叢林與溝壑中，成精的雉雞。平地上犁開的田園，在大氣中浮動，林間：史蒂文斯的火貓，蜷伏在精靈花叢，偷吃陶淵明的竹筍。

白居易在江州舉起修好的鋤頭。白色的魚骨架，從大霧內部撐起胸腔。巴蜀：飄在竹林中紙做的閨閣裡。

嗬，「人類，並非鳥類」。時空如同巨眼，遺漏在大息地上的車轍，吐出珍藏在「信陽事件」裡的：顧准與一九五九。

大合唱：

春風浩蕩，鬼魂飛舞。他們在春風裡吃土，他們扒開剛剛埋在土裡的爹娘，他們從野外，跑到深夜：煮爹娘的肉，燉兒子的骨。

二〇一三年十二月二十四日，河南

天鵝

天生雪，九重開。南河坎上的自由地，從淮河上游，連接油菜，穀粟與山羊，孵伏洪荒，使枯井和上升的金星受孕。

大地上，二月與斧頭，在搬南小湖，在我長滿駱駝草的書包裡，嗡成詞庫。湖面上的飛龍：長盛不衰。

二郎廟斜對面，古檀站在漲水的河口，向四方伸展樹枝，擁抱水底逆流的白天。

掛在樹枝上的胎衣，系著下墜的草鞋，向廟台，向蘆葦叢，豎起來的龜頭召喚：禿鷲與白鷺。

祭壇上，祭司面南焚香，向北吹笙，東方歌舞，西方飲鹿。

玄武身上拂動的紅綾，穿過人心造就的塵境，在一場青銅色的雨中：體罰古檀上的貓頭鷹背誦《關雎》，給從河伯那裡趕來報名跳越龍門的鯉魚打分。

「我拔掉釘在我腦子裡的鋼釘。天鵝便走出牢籠，向乾坤飛升。」

妙門石雕的聖像上，肥胖的雉雞，自從聽到了司祭們在河邊鼓瑟吹笙和那些咽喉裡吐出的似是而非的陰陽經之後開始會飛，羽毛從血飛成了雪。在飛的過程中，身體如同今天的資本，在無限的長空，飛出了無形。

它開始從飛：飛著。從飛越中，飛成了天鵝。

天際上的兩道翅痕，如同鐘樓上剪碎了太陽與豹紋的時針，承接六合與天鵝封印。

二〇一三年十二月二十七日，河南

輓歌

莫札特在金尼斯坦的魔笛裡，
　如同上帝的愛子。
上帝說，「你去，我必讓你
　勝過赫卡忒。只要
你在我裡面歌唱，我必恩待你，
　就像我恩待的魚群，
我賜給它們河流。我聆聽，
　我必將你歌頌的愛情與婚姻成全，
直到永遠」。木魅在維蘭德
　啟蒙時代的魏瑪金鏡裡。
根荄盛長明日，村莊施予草木的
　泥土和糞土，終結於飛馳的
鐵路，以及向低岸張開

乾旱之口的水庫。萬物複產，
梧桐既阜。星光奮力掙脫
　大地的貧苦。他低下頭，
舔那暴露在晨露上，新鮮的
　蚌肉。捕鳥之人，舉起
網兜。羊水般的太陽線，網住
　白鷺與水蛇，混居的檀樹。
想像撕裂我，一種出生，
　不留痕跡，好像內心
被植上了一層豬皮。吊死鬼，
　在繁茂的檀樹上，以銀絲，
拴住自己的脖子。夏季微風厥命，
　你在柵欄中，強吻強暴
赫拉的蘋果樹，在金河彼岸，
　生出塔那托斯（這個飄來蕩去的
瘋子）。拖拉機、勘探鏡、

打樁機、挖土機，從遙遠的
高速公路至鐵軌，開到渺小的
回龍寺。我丈量南水，我賣地，
我在大廣高速公路上聽完了
莫札特所有的交響曲。很可惜，
他和我的工友，並沒有死於上帝。
村民抱著靈位正在遷徙，
潘金蓮身後排隊的高女，都跳進了
挖成湖泊的基督教堂裡。

二〇一四年二月十七日，鼓樓

白馬

青天指示著核霧口中的太陽群。濮公山：浮光耀眼。蘇東坡，自烏台詩案，向東南，仰望淮水，躬身收集，白沙上的石貝。

他以農夫的鋤、犁，開動荒野，以詩心，牧養湖州小民。在豌豆架下，飛舞的蝴蝶中，與濮公，手執瑁玉，倒豎虎口和山峰，以示胸襟。

呵！木葉晃動的真武廟頂，升起的那道金光，如同一片閃動的雲馬。我為心神，立起一把梯子。啊！雲馬：非馬。

自岩石內，逃生的牛、羊，和母豬，站在息壤上，時時刻刻都在傾聽：枯槁發榮，和山石體內，戰慄的心臟。

爆炸的雷管聲，日夜分食大象之骨的破碎機，吞掉了山羊、鴿子，和叔穎的後裔，以及他們的身軀和土地。

譙樓上：肥胖的豹子，被鬥士參孫戰敗的獅子，以及藏匿在農舍內的蜈蚣和赤舌，在這個以香稻丸，馳名海外的諸侯國裡，大街小巷，熙熙攘攘，跂行無常。

詩名，將我囚禁於汽車上觀賞石灰雪。電話裡，父母官正在互相邀約：喝完茅臺，再開五糧液。正月的廟會，馬路叫賣、交易人海，結婚的結婚，生孩的生孩。

二〇一四年二月十八日，天通苑，鼓樓

穿山甲，共和國

穿山甲緊緊握住喉嚨裡，拔出來的刀柄。他用手指，沿著刀口，往咽喉內，摳　地安門外的鐘鼓，和鼓樓。

自公主墳上，飛來的托洛麻雞和毛派，正在勘誤前海，於脫光屁股的湖心島：數飛機，種樹，喝奶。

「雞仔胎、月桂，以及老鼠幹，
都從高空運來。」

石獅、裝甲車，和站在銀錠橋上的安泰，
身後垂直的，就是什剎海：

赫拉克勒斯

飲盡畫中山海，飛舞著，火把一般的手臂，迎面走來：「幽谷沆碭，司晨啼曉，海面上，翻滾的天空，從利比亞，

回到Γαία[1]。」砍斷脖子的學人與巨人，遊動著冥府的門戶。「奧林匹斯山上的，圓桌宴會，百鬼肅殺。」豪豬們，偷偷地潛入洗手間，

揮刀立斬內心裡強硬的刺。然後，站在各自的隊伍中合唱：「水煮牛羊，殺雞祭牆。」餐桌上的赫拉，脫掉草鞋，解開金腰帶，

仰臥于杜鵑飛舞的群峰之上。她在杜鵑中，綻放著聖潔的雙乳。蜜蜂，和他們的蘋果樹，在震動的性中，如同遠山上的皚皚白雪。

你站在雲中舉目：晚塘之底，逐漸擴大的波塞冬，隨明星的電梯，升降日月和德墨忒爾，並與美杜莎，在雅典娜的神廟裡，交換性具和海拔。

二〇一四年二月二十七日，天通苑

1 編按：Γαία為蓋亞的希臘文。蓋亞是希臘神話中的大地女神，擁有非常顯赫且德高望重的地位。

場景

在二樓的浴室內，長頸鹿將脖子伸出窗外淋浴。
她在紫色的霧中，如同停留在神都上的
盛唐歌舞，與我有一方桌之隔。各種燒開的雲，
停歇在眾乳砌成的城頭。平原上的山毛櫸
和橡樹，稀疏的，如同平原一般廣闊，在風中，

向孔子擊缶。道向上游：紗窗前　門頭上　廚壁上
陽臺頂端的鐵鉤子上，掛滿了成片的魚肉
和龜殼，以及成束的楊柳。杜嶺街的那頭，
金水河裡的莊子，如同無花果樹上的
　　　　　　　　　　　　　　蝴蝶，翩翩起舞

在太陽下，彷彿太陽。街角交叉，來往的行人，
在曼德拉[2]的眾矛之林，在自行車修理工的
身後，削砍磚石。刺槐樹自蒼翠中，聚集民眾。
馬路上趕往單位上班的市民，手端牛奶，
止步於醫院的掛號大廳，一陣陣哭聲　喊聲
讚美聲　絕望聲——我們被活埋在今天（四月二十日的
地震新聞裡）。在傳遞太陽的途中，

斜對面的校園裡

哇哇叫的女兒身，和那童聲未變的咽喉下：
噴湧愛心！我咬住下唇，空氣誘導憐憫。針頭
紮進血管，抽搐著安靜的紅領巾。夜幕在我們的視聽中，

2 曼德拉，即納爾遜·羅利赫拉赫拉·曼德拉（Nelson Rolihlahla Mandela），一九一八年七月十八日生，首位南非黑人總統，被尊稱為南非國父。二〇一三年十二月六日（南非時間五日）在約翰內斯堡住所去世，享年95歲。

裝上了防盜門。銀行躺在群星的陰阜上，
邀請我跳崖自焚。篝火在森林裡，粉身碎骨。
黃土與平原，靜坐如泥。我沐浴晨風，形如孤魂。

二〇一三年四月，河南

去衡水途中

日晷滾動，虞美人解開五月之風輪，
低吼國道與省道的護欄。她們
在疾駛的平原上，借收費站、加油站，
反鎖暴政和冰面上的別墅群。
噢，碎銀帶動人體飛行，天鵝忽遠忽近，
從驅逐的農民身後，分割田園，
鄉村和宅基地。那些向上的黑風中，
被金印囚禁的蘋果樹，飄浮在私人的
寓所前，如同日光在長安街上
豎立的紅牆。我掏出柔弱的身軀，
白晝在白晝裡降臨，如此剛強地
粉碎，使我凹陷的眼睛。精子似的光，
使我記得，後視鏡裡，閃耀的蜻蜓，

在起伏的教皇中，得到葦間獲釋的鶴心。
呼叫和一輛尾隨其後的超重卡車，
脹爆我的咽喉。那躲進柴油的血，
在機箱裡，咕隆一陣，便餵進烏賊。
我撫摩著，躺在冰上不全的屍體。
站在法官對面的父親、母親，將我交織
在煙囪的玉體，後門和電網內，
呼吸親人的陰影。頻繁出示的身分證，
將我和我的身世隔開。我找不到，
打開你身體的路標。寫，令我無恥。

二〇一四年五月二十四日，鼓樓

吃與霧

天宇與皇城，將豎立的樓群，
裝上微明的　鶴羽。

酒缸裡的女神與怪獸，高舉牛首尊歌舞泡桐與危樓。

彼岸上的一片蘭心，
再一次抬高，她們的宇宙。

我和你，沉睡在這座城市的十字架裡。

酒神四周，大理石圓桌　問鼎缺口，
葵花棉花壕溝　怒放日出。白骨築成的高空上，

風沙　瀉入朝霧與杜嶺方鼎墓。

二〇一三年六月二日，河南

岩層之歌

指針在我心臟裡跳動：
她說她願意在圓中，
通過高窗，眺望阿斯哈圖
垂直的曙光，和獨立的
冰石林。她說她願意，
因為在心臟裡，她可以回到
雪光　指引的黎明，並在白樺林，
花崗岩，和冰臼群，
看守的天空中，給地上
吃草的羊群，沉睡在岩石中的
火山寫信。岩漿：上升，冷凝，剝蝕。

她說她願意擁吻我，
以彎曲的胸針。她願意。

二〇一四年七月十八日，鼓樓

「停下來的，是死亡」

草原上的堅冰，從蒼穹中，侵襲過來，
刺傷我抓不住的沙塵。但在明朗的
勁風裡，它們站在世上，如同針頭豎立。
它們努力地往你身體裡鑽，從耳邊、咽喉，
從你的衣扣間、風衣上拉鍊的齒口。
它們任性地　將你當作自己　漆黑的

木盒子：想睡在你之上，還不讓你發覺，
這是一生的事。到禦馬場，我站在人群中，
如同籠子裡，掏空了內臟的黑雕。
另外幾隻，在它的隔壁挺立前胸，
從裝上水晶球的眼眶裡，反射出的寒光，
蔑視著那個抱起馬臉，獨行的牧民。

地上的草，高高低低，連接青雲，
與遊人，擦出響聲。風擴張骨中的歌謠，
企圖收留草原上的河谷、墓場，以及蒙古包；
出租車司機的身後，飄蕩的白雲和山石，
從牛羊的角上，入定蒼穹。那縱橫交織的公路，
和鐵絲網分割的片片草地，在地下，

被不同的新政策承包、壟斷，那些不斷增多的公路
和鐵絲網，那些不斷消失的動植物，
那些變得越來越小的草地，在互相依偎的
睡眠裡，躺成一個整體，或一截枕木，
如果我們從天上往下看。我坐在出租車前座上，

想著那個以高窗環抱天空，光束充滿石柱，
拒售下午車票的車站。那個從售票廳的

穹頂上，飛來的白色人影，托住下午
倒立的人體，以及車輪。他踩滿油門，
穿過閃電的防線，我將手從胯下伸向窗外，雨水
甜膩地吮吸我的掌心　炸裂的石榴。

二〇一四年九月十一日，鼓樓

過武昌，吉星非馬

——給楊華

淩晨兩點鐘，吉星非馬，上午的竹葉青飲滅檯燈，
白瓷內沉睡的翡翠，向漏風的木制窗格，
飛去一片冰心。我放開嘹亮的嗓門、翻身，
電熱毯吃飽了電，如同大腿上沉睡的螞蟥，死命地吮吸
肌膚上的鹽粒和乳白，死命地給這個身外的冬夜，
　　　　　　　　　　提供溫暖
　　　　　　　　　　和普羅米修士的父親。

我從珞珈山下的墮落街上醒來，亂象叢生，東湖新村：
拆了又建，建了又拆的電腦公寓；時隔多年，
熱情依然如邪，門楣上飛舞的綢緞手絹，歡送一批，

又迎接一批，來自五湖四海的新生和肉體。
在這裡，我們互相不認識祖國，但以夢為馬，再冷的清晨，
亦不遮蓋少女從連綿梅雨中，湧出的滿足的尖叫。

我們在稀如處女的正午陽光裡，南方如紙呵，
我們穿梭在南方（能夠切掉手指，也能夠砍斷前生）的薄紙中：
走向蛋糕店，憑弔化妝品，熱飲奶茶妹。
出酒後伏在油膩的餐桌上，借剩餘的空腹要一碗江西瓦罐湯，
在慢咽的湯中，偷窺店主女兒的絕世芳容和底褲，

以及那帶電的日語喉頭。

一場飛翔的神意降臨，我穿過千層餅街，牛骨頭火鍋店，
站在通往東湖的路口，飢餓在追尋我，
可我找不到任何可以接通的人。我回頭，在浩蕩的時空裡，
蒸發堂吉訶德。這時：路口的蓋澆飯，將一鍋油淋茄子，

倒在了一口圓滿的，如同大碗口的鍋巴裡，
你帶著往日的小說，驚現在我那被紙、被人群削掉的腦殼後。

我們沿著東湖路，螺旋在東湖邊，我們在路上將經過正身的車聲，
行人，商品店裡的廣播喇叭，當成了我們的語言。
倒垂在我們身後的湘楚，樹木和山丘，停靠在湖邊的一家酒館。

我們就地而席，如同兩座水碑，日夜遊弋江湖深淺。
有人用槳劃開湖面，如同剁開我肉中的叢林。

從淮南到長江不停地往我們的餐桌上灌，不停地眼不成天。

二〇一三年十二月十四日，河南

在鑄鐘廠

暴風昨晚從德勝門，借斷裂的垣墉，
全力反擊城內炫富的重金屬
和極權的共產主義微生物。

呼嘯的白虎，和十二月塞北的寒風：堆壘明長城　改從地道穿行燕山取水京杭大運河　笑納兵家的陰陽學　肅清南天門的二環路　在鼓樓西大街北段的鑄鐘胡同　將貔貅捆綁起來丟進後海　繼續把玩產卵的金蟾

並整夜侵吞爐神廟遺址內的女嬰。

管理工廠、電廠、公路、公安局和寺院的爺，與獨享青冥的PM2.5和APEC愛得死去活來。城中的二環路至六環路，在一周的假期裡，好像十

國元首種植在女夷宮腔裡的芙蓉環。那裝在春神肉體中的鐵床，在華北平原降溫的初夜，如同電暖氣、升溫的內膽，嗚——嗚——嗚，熱飲痙攣。

第二天，貓刨開棗樹。懸而未決的清晨，開始轉身飛向鴉兒胡同，如同樹枝上雀語中的赫克托爾，清除腹中的石像，用長矛舉起自己土做的身體，因襲著郭守敬的天文、水利和算學，咕隆一下，便潛入了精密的西海：

將安德洛瑪克的蕉園，裸進蛾摩拉。

遠望西山、島嶼微明，
柳樹在欄杆與人群裡，讀亮黑石睾丸。

二〇一四年十二月七——十六日，鼓樓

山嘴
——給莫楷

金雕在霧中，穿過松林身後墓地門前的石羊、石虎。

草上的遼河和山中的嵐氣，順著青草地，驅使晨風，流進一顆顆閃亮
的貝幣之心。

樹叢裡的松鼠、林貂和一束光，從鳥聲裡，從野豬的洞口，遁入日暈。

滾向山頂的圓環，打開了血石腹中的白晝：

那降臨在薄暮、山谷、蘑菇、叢林中的白色信使，讓山中的公路，在
巡行的水源上，絲綢般飄起。

我通過光與岩石的喚醒，將剩餘的生命，滲進地下熔岩的入口。

「碎石上震動的馬蹄，

還在寬闊的悔悟中，獨飲午門。」

我轉身，和羊群一起，走出農舍：

遠山挺在火石的齒緣上，幽靜中滲出的恐懼毫無人跡。樓群上的雲層正在沸騰雪崩，城市「離開了它的屋子」，天空與大地之間的雨矢，以及繞道斜行的雲峰，在我們身後，好像即將關閉的閘門。

二〇一四年——二〇一五年，平泉，北京

夜：全景溪

第五日，金表的心臟，
在牆上，向玉中的
河流要床。山石裡女性的呼吸，
彼此牽連；而懸崖、群峰、濕潤的彗星，
　　傾瀉長廊。

靜止於綢緞上的草木，
在你的蜜乳間，惦念的荒漠、高原，和行星，
回到寺院　挽留的僧侶。

　霧中溫熱的紅犁溝和烏鴉，
在早課的餐桌上，拆開風雪中，
兩座西山之間的樹根。

幽暗的窗格裡，急射的星辰，
如同一扇又一扇開啟的，攪拌我血汁的門。

二〇一五年二——三月，鼓樓

埃博拉式

來自樓上的風和風中飛行的刀具，靜止於安裝地下通信管道時掘開地基的軍事禁區，靜止於夏日暴雨過後的玉蘭樹和草叢。

霧中的太陽，在磚塊與沙石之間互相聳立的雙重極權中，如同懸掛在腳手架上的清真早市。那剛剛開膛的水牛和山羊，跳動著鮮活的內臟和血管，以及住在它們身體裡的尖叫。

我在線狀的白天和樹上喜鵲休息的夜晚，將自己拆開，然後封存于將未來當作廢墟建造的父親。

「粉色的光，舔著地上的磚渣和血塊。」

我細咽貼在上顎的麵餅，端起新生之杯，黃昏裡那無花果樹上，難以寬恕的、羞恥與懦弱的屈服，在火中，陪伴妻女。

屋頂上的琉璃獸，和晃動的湖波，靜觀壽明寺裡冒出的濃煙，它們好像在獨自領受著額外的恩惠，直到化為灰燼。「爆炸的環衛工人，在蠕蟲分食的身軀裡，引燃胃中青燈，以裂開的皮肉和炸斷的腿骨，支撐著神州坍塌的形成。」

二〇一五年二——三月，鼓樓

鼓樓之眼

空中的飛鳥，切開我們的身影，在海上翻滾的鱗片中，與鐘、鼓和鳴。三輪車關住閘門。京城裡的土豪，在蜂擁騷動的遊客裡，

大聲地教導迷你豬，用京片子，喊爹、喊姐。美少女，粉嫩的，如同彩蝶，用她們的V型臉，粉底煙袋斜街，吃掉什剎海，瘋狂美拍。

彙集在山黑柳上，遊動的飛魚，一觸即發。逆流的水，鋪開鵝卵石，正在返回。公雞已經變成母雞，如同那個可以抵達，但不被人知的慈禧。

北土城上，停止于那些國槐中的靜電和偵察機，與胡同裡的門框一起借助社會主義和股市的風力，在紅磚砌成的鐵環裡，強勁地，抗拒著，

工人手中的電鋸。它們的根，在地下，猶如章魚：與掩埋的動物一起，漫遊前馬廠胡同的地基；與混沌一起，

湧向即將接受樹枝上清晨的落地窗和房門。三月永生，下午融入我口吃的，鐵絲拴住的熏肉和縫上刺冠的真理。

二〇一五年三—四月，鼓樓

遠遊

馬路上，胡同裡，灰暗的腳手架，
在揚塵中，抽出鼓樓東面的
　　山水。火德微明，我仰望我想像中的天際，
發光的羽翅，在雲層中巡行，
從截斷的槐樹裡，獲得天空的勝利。
　　南風將綠石鋪向山頂；老虎站進雨中牧雲。山體裡，
求偶的野豬，正在崩裂的岩縫中哀鳴。
我抓住心口裡遊動的銀針，捧起刨開的瑪利亞的臉。

群峰戰慄，如同雷鳴，閃電敞開它柔韌的西山，向城市的大街小巷，地下管道，以及河流，狂飲雨後的黃昏。高樓與屋頂，

彌合盛世。世界終於清除了白天，留下來的星辰和寧靜，正在往我的眼睛我的鼻孔我的嘴巴我的血管灌溉死神。

二〇一五年六月十六日，鼓樓

身心之犁

柿子在太陽中，好像啟示與愛，
均已到期。那些腳上的蓮心與窟窿，
在北方不見星空的夏日裡，

削尖鮮活的樹枝，不停地耕耘
舊鼓樓大街上的蜜吻。那洪水一般，聚散的遊人，
燃燒著他們的身軀。樹上滴落的光刃，

從宏恩觀，從鐘樓裡，從人體
那昏暗的神明，割破我喉嚨中的
上帝：爆炸命令他歌唱，死屍命令他挽回每一個
磨損的人。我的心壁上，飛舞的玻璃，

中斷西單，和街上的樹。直行的
陰道癌在長安街上，由大到小，盛開的
蘑菇雲和鷹隼，一望無際。兩個體系之間的胡同，
抽出雨中的銀絲：哀禱強暴俯聽。

二〇一五年八月十二日，鼓樓

開塞露

環形轉動的廣安門，在吸取的腦脊液裡，
尋找著心臟的路：所有的日出和樹，
所有的黎明和血液，在上行的吊橋上，

噙住每個人的山川和頭骨。護城河裡
倒立的劉光第[3]，絞斷上岸的繩索，敲打著異教徒
佩戴的馬蹄鐵，在河岸兩邊的馬路上，

追趕押運車與集裝箱裡的瘋子和乞丐。
他在流動的光波中，好像上升的紅松。

[3] 劉光第（1859-1893），詩人，「戊戌六君子」之一，代表作有《衷聖齋文集》、《衷聖齋詩集》。

他打開花朵的經脈，握住手中的鑰匙，
擊碎典獄長的核桃之後，便從窗口跳進

那片成熟的麥地，他躺在地上，從自己的
身體中將自己掏出來，放在太陽下：
遇到喜鵲時，他就唱歌；遇到烏鴉，他便脫掉馬靴，
折斷手中的筆，站起來瘋狂地親吻冬雷。

二〇一五年十月十三日，鼓樓

與約伯在後八家

1

沃德蘭[4]，如同一群白色的鳥，懼怕羽毛。我的心，和我們的出口，在雲影裡。「黑夜，進入我的身體，命令我歌唱。」「我們的血，絕不接受火光，絕不鏽，絕不鐵釘。」我仰起頭，向隧道挺進，疼痛裂成四面牆壁。正午正在追趕丹穴山上，發出的一道打開金石的祥光。那與夜晚，同時放棄荒野的尚付，如同倒立起來的錐形宇宙。夏天的金雨樹上，很多白猿不見了。你坐在一塊被尿濕的石頭上，

[4] 沃德蘭，是北京市昌平區九十年代斥巨資建造的巨型遊樂園，號稱當時的「世界第一大樂園」，由於複雜的原因而爛尾，直至荒廢數十年後被悄然拆除。

你走到哪裡，穿行而過的行人和他們的車輪，
似乎就在哪裡的旋渦中翻滾。發燙的微型衛星
在我們的肉裡蝸居，晝夜分頭捕撈北京的
狂風。我們生活的土地，如同升漲的油鍋，
人形如同群魔，趕往醫院：我們的幼腦和心臟，
已被這個神馬時代的鋼鉗子捏碎。我和你，飛禽走獸，
河流與山林，都被驅趕進同一個熔爐裡。

2

O，大石頭，塗滿柏油的大石頭，把我們的
喉嚨，貢獻給了木板。我們穿上人皮，裝上黃金的
手指，分割混沌的中原大地。我們將自己的
廟宇活埋在大火裡。我們用蠍子的尾巴，穿插
與天門相連的腦室。然後，喬裝成一頭巨蟒，
模仿幽靈的舌頭在夜晚歌唱。我們在預支的諾言裡，

用一雙盲人的眼睛命令，「借給我一把槍，
我要進入豐盈的葡萄」。「我究竟是誰的啟示？」
我們獻上果園與子女。我們以月角換回我們的
樹林和蒼穹……

　一天一天的，我們的永生，被捆綁在那個
男人用毛髮鑄造的鎖鏈上。鋼鐵，一天一天地下沉。
我在荊棘中，跟隨一隻蜻蜓，我敲擊泥土，
我四面豎起的牆壁，如同我們的白骨。

3

你為何總是用帶血的柵欄，對準我們的
胸口。我在違章的花園裡，我感覺
我是一陣雷鳴，一陣狗叫，打鐵的錘子。
那和我同樣好奇的藤條，臥伏於刃上。
它們跟死亡一樣動人，跟乳汁一樣神聖。

它們是我的鄰居，它們在星空下睡著了。
當風在雨中睜開眼睛，它們就成了
我靈魂的安魂曲。但是，毒蛇的信子，
在叢林的根莖上吐著火星，閃耀在烈日裡。
漆黑的戟，刺向青天，它使我固執地
強調刀的本質和權勢，它們緊緊地抱住
我親吻。我打開大門，我和門之間的
海豚，迎風解剖晃動在光芒中的
天平。我將手中的鐵鍬，插入呼吸的
肺裡，然後掘起：我的歌喉和室內的積雪，
因此耗盡了牢底的繁星。晚霞撫摩的山脊，
怎麼如同我切開的身體？O，上帝。

4

在你的河流上，在你的手掌中，
在你所有的語言裡，你揀選
獻祭的羊羔為王，在你的榮耀裡，為他們預備皇冠。
你用你賦予他們碎裂的肉身，承擔
人世的貪婪，嗔恚，驕傲，殺戮
所聳立起來的城邦。你同時也賜予他們軟弱，
渴慕，疾病和死亡，如同牆上的泥沙。
你讓他們的耳目，聖殿和言語，被眾人傳唱，
你也讓地府的火焰點燃。你讓我見證
我們手中緊握的刀柄，刺向
深居在人心中的野獸。你讓我見證
我們胃中的鋸齒，盛如春筍。你讓我在身體裡，
尋找鋼管。你讓我折回充滿幽光的蟲洞。
你讓我回憶水渠兩側收割之後的田園，

和盛滿月光的瓷碗。你唯獨將那片黑乎乎的，
堆積的刺條，播種在我的心靈上。
你讓我接納蜥蜴和小蜥蜴，以及城市的
玻璃。你讓我呼吸它們。你將我從泥土裡拾起來
成為你手中，盛放花粉的陶罐。

5

我們在鐘錶裡，測量星光的身體。我們
在烈日下收割響尾蛇。我們凝視斧頭：
閃電似乎隱匿在群星裡，也似乎在太陽裡。
我們乘上星光做成的梯子，聽從了天使，
口授給沼澤的默示。我們仰望著枝葉中
閃爍的甜梨。徙居在盲者身上的鷹隊，
監管著我們的婚禮和葬禮。在兩個聲音的
門中，燈檯上的金色光芒，閃動著瀑布

和松鼠。我們將聚集在閻王鎖骨上的爭論，掃進臉盆，放在漆黑的棺材裡。那「屬地的，屬天的，屬海的許諾」，像孩子一樣，從星空的傷口中走來。隱藏在太陽裡的喜鵲，在環形的山谷中，追趕著那頭馱起麋鹿的獅子。我們在火光中捧著海水。我們撿起被風吹掉的耳朵，交換彼此的生死和天空。

二〇〇八—二〇一〇年，寫於武漢，北京
二〇一三—二〇一六年八月十日，定稿於望京

病中的奧斯定

我的耳朵，在上帝的統治裡，
充滿閃電和魚群。我的
每一個窗臺，深淵，手指，
以及嶄新的黎明，在書寫者的

屈辱中被喚醒。我熟悉的街道，
怒吼，和地鐵站，卷起身軀。
飛舞的鞋，在雨雪中，教我和他們
赤裸的天堂對飲。酒和夜晚，

被草上的風，吹得透明。我在長久
封閉的閣樓裡，侍奉著
血液中的人世。我壘著世紀的

圍牆，我吮吸著聖人的眼淚，
我盼望地上的萬物無窮無盡。站到樹上的人，
打開地圖冊，另外的空杯盛起灰燼。

二〇一七年二月二十二日，望京

博弈

天空下著乳頭，所有的
世紀，所有被愛過的
白晝，所有的巨人，
都降臨在死亡之穀。

我沒有悲傷，我沒有痛苦，
只是我身上的獅子，在瘋狂地
撕咬著，如同夜空裡

起伏的鐮刀頭。我坐在地上，
用酒燃燒我的骨頭，我多麼渴望稗子
也能成為我的血肉。

我從地上站起來，用手摳出
嘴裡的碎石，喉嚨中的德勝門，便在蜜蜂的
歌聲裡敞開。

二〇一七年三月十七日，望京

芭提雅的普羅米修士一日

（給黛畫）

公交彗星駛入小行星環帶的混沌中，
太陽光裡衝撞的隕石，已經穿過
木星的拉鍊，瞄準赫拉克勒斯得到

不死之身的田野。我用手中的鶴頂，
打開地圖，海蛇升騰海水，獅群
布雨。汪洋這邊浮蕩的潘朵拉之盒，

從地平線上開啟。在魔盒上打坐的
皇帝，債主和魑魅分子，伸出猩紅的舌頭，
撬轉地庫的拉奧孔，抵制崇高的知識。

他們在痛苦和虛靜中，長出的
第八顆腦袋，餵養著一隻眼睛裡
每天都在流淌熔岩的貓頭鷹。他們在貪婪和謬論中

在毀滅中，長出的第九顆腦袋
和新上任的路西法足癬言和。路西法
和路西法的漢文子孫，德文子孫，俄文子孫，

以及阿拉伯文子孫，將囚禁在宙斯口中的
燈塔，跌宕於人民的霧。逃亡的生靈，
有時候像君士坦丁一世從羅馬搬運的大理石雕。

二〇一五年——二〇一八年七月十五日，曼谷，北京

空山

地上的釘子，在三十三月的
房價裡：利貞乾坤。

道家的翠微山，盧師山，翁山，以及霧中的
重金屬，如同蜻蜓騎士，

都在木葉的群峰上飛舞。人造的
江山，鐵絲柵欄，乘氣即變。上上下下的灶司命，
從古至今，偏愛榴槤。萬物，從泥沼裡，
出生的手，一雙又一雙的，

壓在我的後心上：我從蚊子從空無
從安全出口從電梯從地下
從心臟從動物與人類的入口從望京西園的物業
到管委會裡女人身上分層的黨性
窗戶，從木板上的細孔到大大小小的囊腫，償還著
炸裂的繁星，和月暈時的光明。

二〇一八年五月十五日，北京

雨中

鐘在地中，船隻反霧。南北朝的
石基上，往返的牛鬼蛇神，

在寺院的青蓮外，被竹風，吹得發亮。
我仰望，射入牆內的金光如玉。

古樹伸出的枝幹，抱住庭院裡的羅漢
向起霧的大運河：震怒的魂靈

和繩鎖誦經、焚香。聳立在園林中的巨石在這裡
長期研磨著，泉眼裡的月宮。

我們的歷史在瓦礫上，種花、種草、建造家國。
山上的榮光背後，禁錮的森林裡，
松樹和桂樹，向上繚繞甜香。那低下了頭的大理石，
彌撒的精氣，正在騰挪世紀之椎。

二〇一八年六月四日，無錫，北京

惠新東橋之戰

兩夜禪心，好像岡察洛夫的
燈光，彎曲的太平天國，
被珠寶大樓上的鋼架拉直。
斗篷裡的猶大，如同傘骨，
護佑東方。我站在十一樓，
雨中，微涼的金針菇，
　　　　　　　長滿我的舌頭。

太陽中心：氣中的力學，
永恆—輪回，從我身後，

從我身後的門，從我身後的
一室一廳　隔斷的
彩虹之約，被閃電和雷鳴突圍。
世界的審判中，一個瞬間，
窗口的對面，北四環的環路上，
成群的卡車隊，讓我悲痛
沒有神的土地，屠殺更加洶湧。
沒有人是同路人，
直到聖洗完成也不會停止。

聖西門，在恒星上，相信我。
公交擠壓，我搖晃，無法翻身。

二〇一八年八月—九月十二日，北京

靈空有山

赤色的雲，在太嶽山上，好像兩把
匕首，反復重疊。漫遊的
飛禽，被風吹入看不見的光裡。

三方的孤峰突起，太陽與山雞，
在同一棵紅色的古樹上集成。那從汾河，從霍山大斷層，
從仙橋上，靜息而行的水蠆群，
　　　　阻礙半空，直飲我
身後的河溝。松林間的禪鐘，在盛夏的香火
和滾滾上帝的恩澤中左右穿行。
我們去往坎特伯雷的事故之路，

讓樹上的果實，讓蹲坐在山坳中的牛羊，必須途經
靈石、霍州、沁源、古縣，以及安澤、浮山、沁水與晚春，
直至絳縣的橫嶺與中條山脈，

而高原上的風脊，借助它的幽明，
轉動著山腹中生長出的一截既能升降，又能迴旋的梯子，
讓我走向山巔仰視生靈：村莊裡的白煙繁衍的

沙漠已經成形，沼澤內
升騰的寺院，擠滿我黏稠的覺魂。

落木聖心，如同正午的黃昏。在我們回家的中途，
我看著窗外三頭犬在省道旁勞改營門口
瘋狂地追趕駝鹿。夜晚和大地，從此不再孤獨。

二〇一八年六月—十一月四日，山西，北京

在花中，奧西里斯之日

綿山之路，如同雨絲，在你的鎖骨上
內陷。穀坡裡橫斜的朝暮，使反光的地表，
繼續分佈沁河上游的烈性金屬。
新世界：被撐開的正午，在無盡的

草葉上停留。我扛起肩上多年耕耘的
萬株青松，任由瞳孔裡淨過身的
野史，被寫成山豬翻來覆去，讓它在空氣裡，
先奔向山頂，讓它轉過身來，
成為剝了皮的百眼巨人，讓它看著我，將我看成一個無道的
古人，讓它飛進我的餘光：
斑斕的蝴蝶，靜止的血月。那些飛入
我眼芒內的蟻蟲，也鑽進了我的

鼻孔，在起伏的山路上，我一直都在惦記叢林裡
絕跡的老虎，但是褐馬雞、豹子，
山羊和土狼還在。我們
搖搖晃晃地走到山巔，這花神的
棲身之所。天象、多變，風神交錯。流動的祥雲後，
太陽總是時隱時現，我躺在花叢中
直視太陽，讓它照射我的肺腑，當你走進強光之中，
你會發現它的光裡懸著一把金劍，在所有的
草，被割斷的根莖上：孤單耀眼。

當你將你的耳朵集中在花柄上，潛伏在地下的
迷走神經，便會發出綠色妖精
磨刀的沙沙聲。我禁不住悲傷流淚，而落在我眉心上輕舞的

金斑喙鳳蝶，好像是金光中的某種啟示，

我還會再來，花仙子的酒是喝不完的。

二〇一八年六月——十一月九日，山西，北京

撒拉弗之歌

海洋、運河、陸地和城市，
轉向鐵絲網中的九龍山，被雨中的
繩索捆綁的星群　洩露的
異象之光擊倒。正以奇異之火書寫手稿的
奧斯定，面對身前凋謝的杏花

進入他另一個我的哀泣。來自星辰中
所有的光，在白天人類的晚期
流淌成河。沙、霧中的彗星
和無盡的山區，在一首悲傷的歌裡，
好像九種樂器，又像眾多雅典娜手中剪斷的
布匹。我的世紀，寒冷勝過絕望，
恐懼勝過新生，我祝福榛子口中的白玉，

在交集的炭火上：無光的心臟，
無人的身軀，和樹枝中起起伏伏的嗓音，緊貼僵硬的，
結冰的石子路面，而地下的鳥類，
張開羽翼，地心中的春日，吸入行星，
好像萬物盛開的婚姻。昆蟲一般運動的風輪，

自大地上馱起圍鶴之城切碎的
喉骨。瘋癲的軫宿，像一個南方的喀耳刻，
坐在樹上咀嚼男人的額頭。浪濤上的鬼怪跳進船舷，
想跟對岸的人們問好，鉤住河心的
船錨知道，時間一旦進入人心，世界就開始
崩潰。我神經我狂於高空的酒精。

二〇一八年十一月十一—二十五日，北京

我的馬是我的故鄉

我的馬是我的故鄉，這馬的名字叫啟程。我住在夜晚的身體裡，
我的家也在那裡，夜晚是從我的家裡跑的，她是一塊紗布，
像馬加達頭上的國旗，一陣群飛的鴿子。在這紗布大小的天空下，
剛剛死去的我遇到一場淋濕樓群的大雨，我望著夜晚、伸出
凝視的舌頭，「這麼大的雨是多麼大的謊言啊！」我血液裡的鹽
因此滲出肌膚，形成一個個晶瑩的湖。現在，這幾天，
風一直在風裡嘶吼，像一大群為情侶廝殺的雄獅。

我的目光緊靠大樹，其間藏著搖擺的鐘，受盡淩辱的木頭，
站著多麼像一個女子。我能做的，我只能面對地上的洪水喊叫，
讓水面上浩大的宏亮的波濤，撫慰我心；而我的眼前，
一面鏡子睜開眼睛，一幕少年的青絲如雪，哦、白雪。

我坐在一個剛剛死去的人的頭上休息，他沒閉上的眼睛，
是我的深淵，雪色是月亮和星辰溺死在深淵裡的骨骸之光。

我的意識，像一根繩索，伸進了一口井裡。頃刻間，
蕩起的回音在井底，千軍萬馬的鐵蹄、齊飛似箭，
踏平了荊棘、雪山，吞併黑暗。天地之間，恍惚是一個清晨，
在我眼前；那個巨大而通紅的太陽，他是我追趕的方向，
他是一個具有永恆力量的磁場，通過一條不生不滅的生命之河，
他召喚我；時間的每一步都在探試，為了斬斷掩蓋真理的藤葡蟠，
讓我們在岩石上加速奔跑，讓山石為家園拍擊胸膛。

此時，風成了黑天使們的披肩，風在黑天使的驅使下製造喧嘩、
詆毀律法，在喧嘩之中，有一種、並且只有一種聲音，
她來自岩石生出的誡命；我的大腦裡有無數燃燒的火球、滾動，
在我的肉身和心靈上，你並沒有因為我患有毒蛇的恐懼而隱藏
起來、不給人們看見：通往黑暗之門的，已經為任何一個、

願意敲門的晚霞敞開。可是，「惡魔之眼」，
從不願意放棄對我等的監視。它騙取懸崖絕壁上盛開的鮮花，
誘惑她們議論美。這牙齒的根部潰爛的原因，
強迫我的舌頭讚美、死亡這個「黑美人」飄動的裙裾。

罪惡——並不在舌頭本身。當你的心，在石縫裡長出了新生靈之時，
江河、山水、草原、冰雪、朝露，天使飛過花蕊饋贈它們、唯一的
香氣；可是，因為嫉妒而成為了荒漠的、因為爭執所發動的戰爭、
因為不忠引起的背叛與咒語、因為妄想使黑夜吞滅的世界、
因為地獄，這些都是天國存在的見證，如同礁石垂直於海平面。

我認為我冥思的、擔憂的，一直處於一致。
我穿上河流的鞋子，這才充分地認識到，
我們的內心，是一個碉堡，那裡面的全體人民，
像大地上盛開的白玉蘭，舞動身軀、同聲讚美他們頭頂上的至高者。
但是，在另一個側面，我們信仰的天國裡飛翔的天使，

也經常受到敵者的攻擊，在你我這血肉之內，
眾多力量在那裡對弈、爭執。火焰，似乎開始。

那飄飛的炊煙氣息，那距離我遙遠的人呀！
在積雪覆蓋的茅屋裡，雪上存留的、
生活在深夜的幼獸足跡，啊，
大自然命令我想起我喊叫的夜晚：我深信閃電、
雷鳴會把我封存已久的語言，連同我的音樂，
全部帶給你頭腦中燃燒的火焰——天堂的火焰。
為了讓人類的漢語誕生，我用斧頭劈砍牛鬼蛇神；
我的命運註定在我抬腳的時刻，蜿蜒成山路的命運。
在沒有蒙恩的歲月裡，在腐爛的屍體逐漸變成牛屎糞的人間，
我一直搬運著石頭堵塞自己的胸口，我一直都不忘記、
用清水款待自己高貴的額頭。在擴張的氣流之中，
白鴿用翅膀割開的界限，虔誠地讚美稀稀落落的村莊
和安詳入睡的山谷、溪水、樹林。

火焰在這個時刻，讓我意識到空虛的深度，
我們陷於此地之時、每一寸寂靜的呼吸，
都不敢怠慢釘在蒼穹之中閃耀的繁星，
他們好像是夜晚的眼睛，他們看著地上的一切。
如果你深入青銅的底色，那便是你我的象徵。
但是在進行晚餐的時候，請擁抱餐桌上閃爍的器皿之光，
與他們一同讚美。窗口每時都是敞開的，
像一顆跳動的心，請不要擔憂、我們的
讚美詩和鋼琴曲，——我們敬拜的聖神一直在俯聽我們。
把臉上一天的灰塵擦掉吧，還有那來自塵世的惶恐、煩惱；
你還在追趕切入你腹中的來自異端的思想，
或者你仍然無法撫平人生中眾多的不幸和噩夢？

讓生命在這裡枯朽吧，看，「生命腐朽的外殼下長出一顆野草。」
有時，嫉妒是藏在生命裡的一個細節！這個細節，

如同你一直惦記的少女，遏制不住她在體內瘋狂地無期慘叫。
在生命的管轄上，往往都是光輝、毀滅了欲望；
那在詆毀真理的人，卻不知道自己存在的空間，
對他們足下之地已經喪失了信賴。而荊棘叢中閃耀著的露珠，
像葡萄樹上的葡萄，一首首美麗的俳句式的箴言；
我已經沒有多餘的理由，面對恩典、自由不去領受。
我正在經歷一場不滅的大火，在年輕的生命之旅中，
像一個徵兆，我愛這一個精美的徵兆。我多麼渴望英雄誕生啊，
英雄是我的朝氣、是我的營養。恍惚夜晚就是我的英雄，
寂靜中的神秘許諾帶著慰藉，像夏夜手中的一把蒲扇。

跟我來到山崗上吧，站在風裡凝成雕像，俯瞰我們的領地；
你看，樹上的果實搖晃著喜悅的頭腦；你聽，岩石已經舞動身軀，
它們在為我們的君王歡呼。大地的奉獻，正如那盛開的、
花朵的奉獻。在我們的生命裡，因為無知、因為狂妄、
因為不義……被戳穿的偶像、虛榮，像威脅骨肉的毒瘡，

獲得了至高者的榮耀而得赦免其惡。你看——花朵奉獻的芳香，眾鳥奉獻的頌歌，同時也是大地的奉獻。他們，好像升天的聖者；他們與聖者之思、彙集成世間耀眼的光芒，緊緊地「立在我們偉大君王的弓弦上」。「誰的手舉起了最後的漿果。」我在教堂裡祈禱，靠近我的痛苦，在陽光裡顫抖。

二〇〇七——二〇〇九年，武昌，信陽，北京

還鄉

1

傳說中的淮水與回龍，從我祖父的田園和墓碑上，
隱遁於今天的閉路電視和洋房小樓之新款婚禮。

我給面子我自上而下寫申請應邀回鄉喝酒，
走在汀橋上時，露珠已經含住天上的繁星。
從水杉的黑影中，湧來的陣陣涼風和狗吠，

愛撫著我探路的眼睛。在光山與息縣，以金河，
以石子、瑪鋼，相交又相隔的路口。「我停住爺爺，
　　連夜趕路賣糧，買豬但不買牙豬，

找公牛為母牛交配同時殺掉耕不動田的母牛再將公牛崽賣掉交學費剩餘的還自己結婚、分家、蓋房之時欠下的外債。

風雪正在翻車，人民公社為毛時代搬塘的淤泥受活。」

一陣陣憋足了氣彷彿就要衝爆皮囊但是四肢被捆綁得無法動彈的尖叫刺穿我的肉體和心靈的尖叫從黑夜裡紅彤彤的屠宰場傳來越堆越高好像即將從高空坍塌的一面二四磚牆

一隻長滿胼胝的大手從我的後腦勺伸出使勁地按住它拼命地喘出的粗氣張牙舞爪的尖叫的嘴巴也是它的出口

在嗡嗡唧唧的顫音中他將一把明晃晃的魚腸刀敏捷地插入狂吼的咽喉紅色的岩漿呼哧呼哧地向外噴出那個活物在以喉結抗拒刀刃時洪波湧起最後的痙攣抗拒著四肢上綁緊的麻繩

那恨不得一口咽下整個黑夜的叫聲，
咬斷牙床的叫聲，在一大片沸騰的蒸汽裡，
回歸平靜。而車燈閃過的水面，

一個我熟悉的故人，剛剛將頭露出水面就藏入了水底。
湖面上濺起的水花和旋渦，像瓦罐裡
燉在五九年的蘿蔔土雞，直溜溜地勾住

我背叛自己、出賣父母、懸梁自盡的三爺。
你還是出來吧，藏也沒用，我認得你，
你不就是我九歲那年的夏天，溺死在淮水漲潮的南大包，

然後到了晌午，你是那樣地聽話不再咒人，
也不跟自己執拗，老老實實地順著現在的金河，
孤獨地漂在水上親歷渺茫，

從南河頭一直渺茫到南稻場下的石橋，你就不走了，
你是袁保民。你的兒子說，
天剛渾亮你沒吃飯就扛著鐵鍬踏著露珠，

跑到南大包去開荒。你的媳婦以穿透泡桐的金嗓子喊你，
你也沒回應。你的兒子跑斷了腿也找你不著。
你不用感謝我叫人把你從冰涼的河水裡撈上來，

我的確偷過你家菜園裡的茄子和紅薯吃，
我已經不記得你說過要剝我的皮抽我的筋。
這麼多年了，你依然生活在水裡，可以看得出

你是個有良心的好鬼。

你是不是因為汀橋變成了金橋辛莊變成了新莊李圍孜和犍圍孜都搬走
了而剩下的老宅子被挖成了水塘連泥土也賣給了西寧鐵路你很擔心再也找

不到回家的路還是你聽到磨刀和豬吼就會無比飢餓你上來吧坐在我身邊我
給你點支煙暖和暖和我保證給你指路

2

嘩啦一陣鐵皮生猛地拍擊在我的心窩裡，
一個冷戰從脖子到小腦到全身再到沁涼的空氣，
連接一場動盪的尿意。我站起來，

將自己從嗡嚶的耳鳴中掏出，好像一個猛子，
從水底輕快地返回。你不說話，
我也明白你的意思。我靜靜地站在汀橋水庫的大壩上，

從龍蕩，也就是你攪出旋渦的湖面，
拔地而起的兩根石柱與橋面的相接處，高高懸掛的
藍色指示牌，正對著我的額頭，

我提醒你現在上面寫的是，「金河大橋」。我為此肉跳。
我借助橋上，來回急駛的車燈，癡呆地站在金河大橋下，
在記憶裡，摸黑尋找從前下網打魚之時的樹樁。

我走向水庫大壩的內側，蓬鬆的刺林前，
用手一摸：濕漉漉的一攤，好像一條死狗，
或者死貓什麼的，腥臭撲面而來，我猛地將手縮回，

手背正好觸到跟生銹的鐵釘一般的堅硬物體。
我感覺手背的皮膚，拉開了一道口子。
疼，夜黑得，看不見流血。狼怕火，鬼怕血，

你終於上來啦，我知道你眼拙，就跟著我的腳後跟。
我點上一支煙，用打火機照亮刺林，
那濕漉漉的一攤，原來是一堆豬大腸堆在樹樁上，

正被蠕動的蛆，上下滾出一年的乾旱。
風吹滅了火機，我直起腰，身邊的水庫，突然撲通一聲，
你別怕，你肯定認得出，那扛著捕魚網

跳進了汀橋水庫（現在改名為金橋水庫）裡的袁常慧。
他是我們村的大學生，回龍寺的風雲人物，
並且還是你一家的呢。嗯，「湯圍孜也沒人啦，

都搬到陝滬高速的旁邊來住了」。這條石子路的盡頭，
就是西寧鐵路。回龍寺大街直通洞口。你走出涵洞，
沿著大街，繼續往前，第一個十字路口右拐一裡路，
　　　　就是旦山你兒子的家。

快回吧。我，要從這邊拐啦。對了，你兒子的屋後，
就是程堂廟。我站在涵洞前，上了鐵路的人行便道，
火車經過的鋼軌，在枕木上顫動。

我聽得出兩條平行的鋼軌裡，有女人和嬰兒在嚎啕大哭。
我聽得出那哭泣的女人，是我二爹的媳婦，我大嫂。
她，嫁到我二爹家時，就跟她婆婆信主。

她生了一個兒子，一個女兒。和我堂哥一起，
從來沒有放過任何一個夏夜，給買回來的家豬放血，
為稻田搶水。我二爹在村裡幹了一輩子文書，

和支書穿了一輩子短褲。他三十多年來風雨不倒，
三更半夜村裡的那些老鱉戶，為了給自己的孫男孫女
求一張戶口，為了在計劃生育的屠刀下留後，

使勁地向他家送煙送酒送肉的送肉。他們讚美的耶和華，
什麼也沒有收。倒是剛剛修好的鐵路，
夜以繼日地伸展著鋼臂，如同裝滿了磁鐵的懷抱。

神速呵神速吸住我大嫂的心腦和皮毛，貨車從她的
沉睡與酣夢之中碾過，她的鮮血和腦漿，
以及成塊成塊的肢體，如同掰開的面餅，

被風撒在推土機、挖掘機、卡車共同築起的鐵軌上。
因此她和那個從鐵路的高架橋上掉下來摔死的女嬰
成了一家人。村裡人都說她命好，

在路上有人陪，不孤獨。我認為留守在鄉村的孤兒寡母，
跟老人一樣，活得很有道理，年紀越大，他們越信命。
我的父輩，活到今天，依然跟往常一樣，

每晚都在心裡打磨，將那剛出生的羊羔和牛犢，
送給支書，還是村長。賤民歷來，如同魚肉。
大權在握的支書、村長、文書，從不鬆口，該罰得罰，
該抓的抓，該殺的就殺。走投無路的村民，
對天詛咒，「你讓我無路可走，老天爺，讓你絕後」。
其實天理，往往與難民同在。

在從上至下的祕密中，穿過回龍寺的兩條鐵路，
如同秤桿上，懸掛的肥肉。村委會積極造勢，
以利誘卡住農民的咽喉，折斷村民的恥骨，

奪取責任田，交易國土。新農村還沒有規劃來，
青苗地裡提前豎起的商品樓，如約上漲，雷同孕婦。
好像是霜月的一天，支書剛剛分完修鐵路時

佔用村民農田的補償款，就邀請地方上的土豪和名流，
到他家送禮喝酒。他在酒桌上，解開軍用棉襖，
如同解開嬰兒的繈褓。

在眾生舉杯、彎腰的慶賀中，

鞭炮剛剛停止，支書就撥通了兒子的電話，以他那天生的口吃發問，
「我的孫子——我的孫子——」
「又是死胎。」

3

程崗孜、犍圍孜、辛莊、西廟圍孜，在淮水裡，
如同一群翻著白肚，游來遊去的鯽魚。
它們在水裡，翻來覆去的屋脊、梁木、牛棚，

向外延伸，匯入了歸墟中的旋渦。天旋地晃，
房屋倒懸，席夢思抱住我。酒精，在我的大腦裡，
頂撞天靈蓋，並且不停地燃燒。我拍拍腦門，

揉揉眼睛，你跟在我的後面，從回龍寺的新樓，
繞過程崗孜後院的大塘，穿過稻茬、紅薯田埂，
跳過排水溝，來到辛莊、尚未坍塌的土坯屋，

我指給你看滿屋子的漏洞，和牆上稚嫩的毛筆字。我仔細地看著屋子
裡潮濕的泥土
偷吃耗子藥的男孩，他的影子，
仍然躺在老鼠的洞口，

我看著洞裡晃動的光亮，你說，「這不可能藏匿老鼠」。

我轉身，蹲在門口的石板上，將手指插進牆根下的蠶洞，裡面空空如
也。外牆上的雨淋灰

如同樹膠，越積越厚。

我閉上眼，將牛尾巴上棕色的尾毛拔掉，拴在竹竿上，打個活結，逮
知了。

那些趴在柳樹、楊樹、檀樹幹上的知了，一行
一行的，此起彼伏地哭喪，甚至牽連著深夜，
彷彿整個夏天，都在沉悶與公訴之中，

悼念甘迺迪

和他腦部的，一彈七傷之謎。蟬昂首挺胸，
伸出最前面的兩隻類似於觸鬚一樣的爪子，從樹上，鑽入拴在竹竿上
的活結。

我順著逃走的知了，將目光射向樹蔭下的池塘：波紋下，漫遊的魚
群，光著烏黑的脊背，在泥水裡，穿過彼此的身軀。

我立即脫掉父親在珠海山場打工時給我買的三槍褲衩，
直接跳進泥巴蕩裡，張開雙臂趴在水中嘴唇與水面平齊
雙手在下：摸魚。

我還沒有將魚抱在懷裡，它就毫不費力地翹一下尾巴，
就那麼輕輕地一跳，便飛越我的胳膊。有一條大胖頭，
大概是因為它覺得自己的腦袋夠大，便在混沌的泥水裡，

對準我的鼻梁，兇猛地一頭撞來，那條魚還挺有勁的，
我摸摸鼻子，手掌上一把鮮血。「小狐狸，笑翻了吧。」
我從血中跑回自己的前生。父母，躺在草席上睡午覺。

你跟在我身後，拉住我的手。扛著秧笆子從秧田向我們
迎面而來的黑老頭，他叫麻大棍。那個老頭不是什麼
好東西。他有個嗜好，喜歡收集啤酒瓶，農閒的時候，

他就在家裡，將空酒瓶砸碎，撒在別人的路口和菜地防盜，窮人二十歲前都赤腳，我的腳，我弟的，我堂弟的，都被麻大棍，砸碎的瓶渣子，紮破過。

他，還喜歡打老婆。

那時，我的摯友李龜年剛剛考上中學，他光明的未來，使他在村民的心目中，有了地位。我也跟著，威風起來。

一天中午，我借助朋友的勢力，偷偷鑽進了黑痳子的
後院，偷番茄偷豇豆。我收穫滿懷，正準備逃走。
突然，女人淒慘的哭聲，如同魚鉤死命地勾住我的耳目。

我頂著馬蜂窩，靠近牆根，躲在屋簷下的蒿子林裡，
通過牆壁上的裂縫往裡看。那個綁在椅子上的女人，
啥都沒穿。她的屁股，好白、好肥啊，下垂的乳頭，

似乎快被他的兒子，吃光啦。

她雙膝跪地，身子斜倚，肥大的屁股好像壓扁的地球，
囤積在她的大腿與小腿肚上。她在嗓眼裡上下抽泣時，
蜷縮在她肚臍下的那只黑鳥，在她兩腿之間的峽道中，

哀傷地飛行。他收起手中的刺條子解開腰帶掏出雞巴，在那個女人身上屙尿。尿從她的頭髮上沿著她的脖頸一直流到地上來，洗掉了她背上的血，一根又一根的

鞭痕，橫橫豎豎的，好像一窩花蛇，從她的皮上鑽入她的體內。我咬緊牙扭頭就跑，回到家便開始發高燒，我媽說我的魂掉了，在我高燒期間，她每個晚上都到

西河坎，給我喊魂。我記得我和你在樹梢上飄飄蕩蕩的，好像一對仙侶。村裡人都說，「麻大棍，將不得好死，他在樹上，活活地吊死了，自己的女人。他不得好死」。

我聽了很高興，你也很高興。你和我，在我母親喊出的回音裡，轉啊轉啊轉。忽然，一陣狂風押運著一團烏雲，呼嘯而來，把我們從樹梢吹送到一塊一望無際的墓地裡，

我牽著你的手我們站在墳頂上喜樂地唱歌跳舞四周隨之而起的麥芒浩如煙海一陣又一陣滾動的麥浪在我們的腰間如同你那飛入風中被風卷起的長裙

我們緊緊地擁抱著彼此的身體我們親吻我們在到處都是斷碑到處都是土墳的墓地上打滾我們在一隻白碗和一隻黑碗的舞蹈中

解開彼此的內衣我們瘋狂地做愛我們溫柔地撫摩著彼此的性器就像我們在生命裡撫摩過的天空就像我們站在天父之外目送著戴尿管的天使關上籬笆之門

二〇一四年一月二十日，河南

語言文學類　PG2496　秀詩人82

穿山甲，共和國

作　　者 / 李　浩
責任編輯 / 陳彥儒
圖文排版 / 周妤靜
封面設計 / 劉肇昇

發 行 人 / 宋政坤
法律顧問 / 毛國樑　律師
出版發行 / 秀威資訊科技股份有限公司
114台北市內湖區瑞光路76巷65號1樓
電話：+886-2-2796-3638　傳真：+886-2-2796-1377
http://www.showwe.com.tw
劃撥帳號 / 19563868　戶名：秀威資訊科技股份有限公司
讀者服務信箱：service@showwe.com.tw
展售門市 / 國家書店（松江門市）
104台北市中山區松江路209號1樓
電話：+886-2-2518-0207　傳真：+886-2-2518-0778
網路訂購 / 秀威網路書店：https://store.showwe.tw
國家網路書店：https://www.govbooks.com.tw

2021年3月　BOD一版
定價：230元

國家圖書館出版品預行編目

穿山甲,共和國 / 李浩著. -- 一版. -- 臺北市 : 秀威資訊科技股份有限公司, 2021.03

面； 公分. -- (語言文學類 ; PG2496)(秀詩人 ; 82)

BOD版

ISBN 978-986-326-887-1(平裝)

851.487 110001485

讀者回函卡

感謝您購買本書，為提升服務品質，請填妥以下資料，將讀者回函卡直接寄回或傳真本公司，收到您的寶貴意見後，我們會收藏記錄及檢討，謝謝！如您需要了解本公司最新出版書目、購書優惠或企劃活動，歡迎您上網查詢或下載相關資料：http:// www.showwe.com.tw

您購買的書名：____________________

出生日期：________年________月________日

學歷：□高中（含）以下　□大專　□研究所（含）以上

職業：□製造業　□金融業　□資訊業　□軍警　□傳播業　□自由業

□服務業　□公務員　□教職　□學生　□家管　□其它____

購書地點：□網路書店　□實體書店　□書展　□郵購　□贈閱　□其他

您從何得知本書的消息？

□網路書店　□實體書店　□網路搜尋　□電子報　□書訊　□雜誌

□傳播媒體　□親友推薦　□網站推薦　□部落格　□其他________

您對本書的評價：（請填代號　1.非常滿意　2.滿意　3.尚可　4.再改進）

封面設計____　版面編排____　內容____　文／譯筆____　價格____

讀完書後您覺得：

□很有收穫　□有收穫　□收穫不多　□沒收穫

對我們的建議：____________________

____

____

____

請貼
郵票

11466
台北市內湖區瑞光路 76 巷 65 號 1 樓

秀威資訊科技股份有限公司 收

BOD 數位出版事業部

(請沿線對折寄回，謝謝！)

姓　　名：＿＿＿＿＿＿＿＿　年齡：＿＿＿＿　性別：□女　□男

郵遞區號：□□□□□

地　　址：＿＿＿＿＿＿＿＿＿＿＿＿＿＿＿＿＿＿＿＿

聯絡電話：(日)＿＿＿＿＿＿＿＿＿＿ (夜)＿＿＿＿＿＿＿＿＿＿

E-mail：＿＿＿＿＿＿＿＿＿＿＿＿＿＿＿＿＿＿＿＿